PANEGÍRICOS CRUZADOS

JORGE GABRIEL M. VERA
JOSÉ TADEO TÁPANES ZERQUERA

POEMARIO

Prólogo
Carlos Palacio (Pala)

Jorge Gabriel M. Vera
José Tadeo Tápanes Zerquera
Panegíricos Cruzados

La Pereza Ediciones

Panegíricos cruzados
© *Jorge Gabriel M. Vera*
© *José Tadeo Tápanes Zerquera*

© Ilustración Portada: Dayron Gallardo

© De esta edición 2022, La Pereza Ediciones, USA
www.lapereza.net

ISBN: 978-1-6237520-1-9

Diseño de los forros de la colección:
Estudio Sagahón / Leonel Sagahón
www.sagahon.com
Maquetación Julián Herrera

PANEGÍRICOS CRUZADOS

JORGE GABRIEL M. VERA

JOSÉ TADEO TÁPANES ZERQUERA

POEMARIO

LA PEREZA EDICIONES

Prólogo
Carlos Palacio (Pala)

A PROPÓSITO DE
PANEGÍRICOS CRUZADOS

En la magnífica compilación de la obra de Cristóbal de Castillejo dirigida por Rogelio Reyes Cano, la *Reprehensión contra los poetas españoles que escriven en verso italiano* ocupa apenas siete de las 888 páginas. Se trata de una corta diatriba en la que Castillejo se burla de los escritores que, bajo la sombra de Garcilaso, abandonaban los octosílabos castellanos para seguir el endecasílabo italiano moldeado por Petrarca. Siete páginas apenas que lo condenaron a convertirse en el arquetipo del escritor anclado al pasado e incapaz de asimilar las nuevas corrientes.

Por fortuna, la figura de Castillejo ha sido reivindicada en las últimas décadas como la del humanista que fue. Uno que confiaba plenamente en la capacidad de nuestra lengua para convertirse en referente universal sin necesidad de modelos foráneos.

El tiempo, incontestable, nos ha demostrado que Castillejo perdió y ganó. Perdió en su deseo de que se controlara el influjo del verso italiano. El trabajo de Garcilaso, su aclimatación al español del verso de once sílabas, triunfó hasta el punto de que, según Tomás Navarro, el gran teórico de la estructura poética en nuestro idioma, «en ningún otro momento de la historia de la versificación española se puede señalar un acontecimiento de semejante importancia». Pero Castillejo también ganó y lo hizo en su sueño de que se reconociera a la lengua española su estatura universal.

Pasados los Garcilaso, los Castillejo, los Quevedo, los Lope, los Góngora y los Darío, el soneto endecasílabo no solo coronó las cimas del idioma español, sino que, contrario a quienes pronosticaron su desaparición con el fin del modernismo y la llegada de las vanguardias, se mantuvo vivo y hoy goza de una insospechada buena salud gracias, en parte, a las nuevas tecnologías y a las redes sociales.

Vistas así las cosas, el intercambio epistolar entre José Tadeo Tápanes Zerquera y Jorge Gabriel M. Vera, desarrollado en su totalidad en soneto clásico endecasílabo, es cualquier cosa menos anacrónico. Si bien la escritura reposa sobre una arquitectura que puede rastrearse sin discontinuidad hasta los albores del siglo XIII, en Sicilia, sus temas se pasean por campos de la más transparente modernidad. Los solares cubanos, el sincretismo religioso, las inesquivables pugnas entre comunismo y capitalismo o entre vida y muerte, los barrios de La Habana, la mitología y una extensa cosecha de sentimientos y pulsiones se pasean por los sonetos de este volumen, dispuestos ellos a demostrarnos que *«No hay monstruo que no pueda ser humano»*. Leer *Panegíricos cruzados* es constatar que el soneto es vehículo tan longevo como actual y que se le puede moldear hasta adquirir los más modernos brillos.

Los versos de José Tadeo y de Jorge Gabriel se inscriben en lo mejor de la tradición cubana. Aquella que supo, desde el vamos, abrazarse a los cimientos del idioma español sin renunciar a la sonoridad propia, tostada por el Caribe y refulgente por sí misma. La misma tradición que ha incendiado las letras de Hispanoamérica con nombres que van desde Martí hasta Luis Rogelio Nogueras o desde Dulce María Loynaz hasta Carilda Oliver Labra, esa Carilda que a tantos nos *«enseñó que había un verano»*.

En esta época en la que casi la totalidad de la poesía se escribe fuera de las formas clásicas de verso isométrico y rimado, se olvida con frecuencia que el verso libre es un recién llegado a nuestra tradición, que el primer poemario escrito en su totalidad en verso libre fue publicado en el siglo XX y que el verso clásico domina con sobradísima extensión nuestra tradición poética. Por supuesto, mi intención no es la de convertirme en el revés de Castillejo y lanzarme a la insostenible afirmación de que existe alguna superioridad en el soneto sobre las otras formas de arquitectura poética. Más bien me identifico con las nuevas aristas del perfil del poeta de Ciudad

Rodrigo que se han venido develando con los años. Esas que muestran a un creador consciente de que la excelencia del poeta se puede (y se debe) desarrollar con absoluta independencia de la forma en que elija escribir. Tal es mi impresión al acercarme a estos poemas. La de que José Tadeo Tápanes Zerquera y Jorge Gabriel M. Vera han conseguido amasar una vez más la riquísima tradición del soneto endecasílabo en español a fin de remozarla y vestirla con el más actual de los tonos. Todo un logro para quienes condujeron la pluma y todo un lujo para quienes nos acercamos a sus sílabas.

Carlos Palacio (Pala)

Los autores de *Panegíricos cruzados* agradecemos a Margarita Otero Solloso (Marotsy), a Dayron Gallardo, a Carlos Palacio (Pala), a Yosvani Oliva Iglesias, a Domingo Día Feriado, a Dago Sasiga, a La Pereza Ediciones, a las vivencias, a la amistad, a una misma patria, a los lugares reales, a los parajes de la imaginaría, al soneto y a la poesía misma la posibilidad de existencia a través de este poemario.

PANEGÍRICOS DE MUERTE

He aquí los panegíricos de muerte,
las islas que son puras estampidas,
yagrumas que resisten las heridas;
un ser donde la niebla se hace fuerte.

Atracan, en el fondo de la suerte,
los sueños de navíos genocidas.
Espectáculo atroz de las partidas,
las voces confinadas a lo inerte.

El horizonte suele por instinto
hundirnos en el viaje del pantano.
El crimen de Teseo no es distinto

del que cobra la deuda con su mano.
La sentencia se expande al laberinto:
No hay monstruo que no pueda ser humano.

Jorge Gabriel M. Vera

CANTÁNDOLE A LA MUERTE, A SU SENTIDO

Cantándole a la muerte, a su sentido
oculto, a cierta voz le doy la mano,
y juego a ser el héroe o el villano
como esqueleto a su misión unido.

Y si viene a cantar el que se ha ido
del más allá, a su reino soberano
que firme con la firma del humano
en ángel o en demonio convertido.

Y que venga Caronte con Teseo
a sus huesos manchar con el deseo
y a darle a su deceso nueva vida.

Que estar del otro lado no le impida
gozar de, literario, este paseo
pues lo que bien se aprende no se olvida.

José Tadeo Tápanes Zerquera

RETORNOS A LA VIDA

Anular los retornos a la vida,
a la soga que el karma nos somete,
estallar con amor hasta el grillete,
eternizar en última ascendida.

Soportar el regreso a la guarida
que captura en insólito membrete,
es saberse cual álgido juguete
en la constelación que se suicida.

No dar más vueltas en la luz del sueño,
un coro en las partículas de ocaso.
Un ánfora se guarda mi desdeño,

que soltará en la cúspide ese brazo;
y retorno a la vida tan pequeño:
se desata mi cuerpo como un lazo.

Jorge Gabriel M. Vera

UNA VEZ Y OTRA
VEZ HALLAR LA VIDA

Una vez y otra vez hallar la vida
sin ponerle a la vida vivo empeño,
una vez y otra vez sentirse el dueño
del ángel que en nosotros se suicida.

Una vez y otra vez en la salida
disparados cruzar por el pequeño
orificio de carne con diseño
de flores, cada flor a su medida.

Y si en este bregar usted se hiere
porque Dios lo ha mordido a usted con saña
o un demonio, si acaso lo prefiere,

observe que su piel jamás se daña
porque savia inmortal a usted lo baña
y solo lo ilusorio es lo que muere.

José Tadeo Tápanes Zerquera

TU VOZ SACERDOTAL

Tu voz sacerdotal es de rotundo
orbe con la materia, pero arcana.
Mantra en letra que dona cuando sana
los colapsos que habitan en el mundo.

Tu voz zarpa y navega en lo profundo
del océano astral de la mañana.
Brota tu voz, escala por el prana
y pare el infinito en un segundo.

Tu voz sentencia el piélago del ego,
acontece en las almas de la luna
que brillan como un sol desde su apego.

Tu voz viene a bañar en la laguna
la noche en que se abisma todo ciego
fluyendo en un torrente que vacuna.

Jorge Gabriel M. Vera

MI VOZ, MI BUEN HERMANO, ES COMO EL TROTE

Mi voz, mi buen hermano, es como el trote
de un corcel con andares de poeta,
que relincha en el viento del planeta
y a bolina se va cual papalote.

Mi voz es de mis labios el azote
y miel será en tu voz, si a buena meta
nos lleva martillando en la cuarteta
o en terceto veloz, o en estrambote.

Venga entonces mi voz a darte aliento
y tu voz venga entonces bien versada
a ser de nuestro dueto el alimento.

Que sea de los dioses bien amada
esta magia que cuelgo sobre el viento
y sombras corte en ti como una espada.

José Tadeo Tápanes Zerquera

AHORA QUE REFRESCAS
MI NIÑEZ

Hechizando a los últimos sentidos.
de muchos papalotes bolineros,
recuerdo mi soñar en los aleros
sobre el barrio virándose al revés.

Chapoteaba charcas como un pez
en mi cuadra de baches tan sinceros;
saltando en los portales, ir en cueros
huyendo de cintazos por los pies.

Y se revienta todo lo que zumba
regando los chamacos escondidos,
me aferro en el bullicio con la rumba

que extraña a los últimos silbidos.
Adiós a mi niñez en esa tumba
de globos por el tiempo suspendidos.

Jorge Gabriel M. Vera

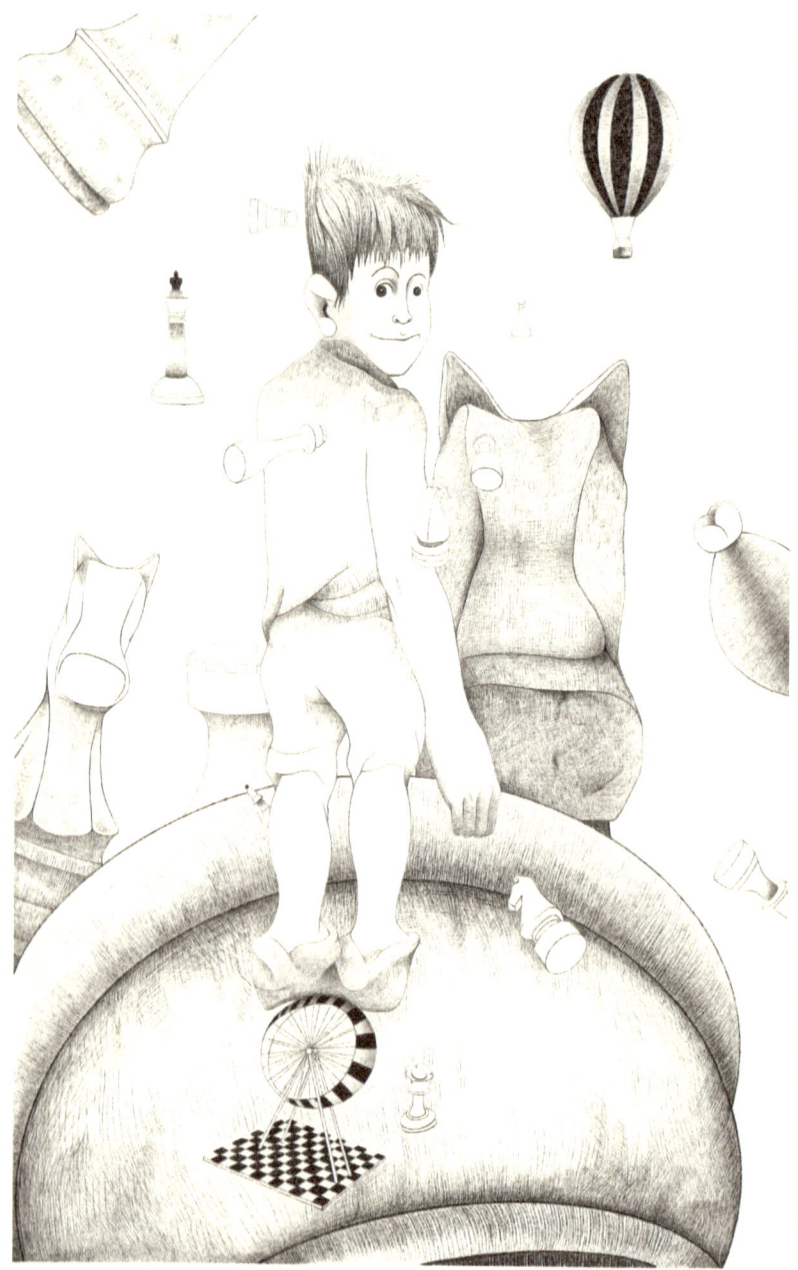

ESA RUMBA QUE SUEÑA EN TU LATIDO

Esa rumba que sueña en tu latido
preñando, de la infancia, la memoria,
eterna y no locura transitoria
parece por la luz de su sonido.

Poniendo yo la trompa del oído
me quedo con el niño de tu historia
y sin querer me subo en esa noria
que a tanto viejo en niño ha convertido.

Yo también con mi globo suspendido,
yo también sin tener el alma rota
jugando al escondite, a la pelota,

y luego al ajedrez, pues siempre he sido,
alegre militante del partido
donde muere el que sufre la derrota.

El niño se me nota,
así que si a jugar me das la mano
niño soy más que viejo culterano.

José Tadeo Tápanes Zerquera

REVOLUCIÓN SALIDA
DE AQUERONTE

"¿No la veis? Mi bandera es aquella
que no ha sido jamás mercenaria,
y en la cual resplandece una estrella
con más luz, cuanto más solitaria."

Bonifacio Byrne

En blanco, rojo, azul iza el amor
un vuelo que flamea el tocororo;
color el que Martí le dio al decoro
en la senda de un cielo tricolor.

El verso de cristal amansador
arrulla, como un trino de alto coro,
a huestes *melismadas* del canoro,
promesas del Apóstol cumplidor.

Con la frente se abrió hasta el horizonte:
Revolución salida de Aqueronte,
palmas guerreras; casto va el henchido

si florece la patria en mariposa,
su manigua al galope es y habrá sido
"morir de cara al sol" en la gloriosa.

Jorge Gabriel M. Vera

MORIR DE CARA AL SOL Y ALLÍ CARONTE

Morir de cara al sol y allí Caronte,
ese ser entrañable, aunque huesudo,
conduce a nuestro apóstol, y le ayudo
a la Estigia surcar o el horizonte.

Tú que vienes del mar hasta este monte
en que Dios quiso amar, pero no pudo,
te ofrezco un corazón que va desnudo
como el canto en el alma del sinsonte.

Si buscas de la patria algún destello
o un himno que cantarte yo pudiera
al son de las cornetas de a degüello.

Yolanda cantaré o Guantanamera.
que dibuje en tu oído un rostro bello
y el surco haga feliz y la trinchera.

José Tadeo Tápanes Zerquera

DE CUBANÍA SALTAN LAS BARRIADAS

De cubanía saltan las barriadas
cuando se encienden todos los cigarros,
morirán cual colillas aplastadas
con mucha dignidad bajo los carros.

En el solar se pegan siete tarros
para que lluevan veinte puñaladas.
Las encueras se bañan con los jarros
por el cuento de ser *recabuchadas*.

Tendido en esa cuerda el calzoncillo
ondea la mirada del pasillo.
Los sartenes reclaman sus honores,

que si Changó les prende algún fogón,
no habrá manos que toquen los tambores,
ni curda que emborrache tal fiestón.

Jorge Gabriel M. Vera

NAVEGAN TUS RECUERDOS SOLARIEGOS

Navegan tus recuerdos solariegos
del tiempo calle abajo en la corriente,
y desde el callejón de mi presente
enciendo en mi ilusión los mismos fuegos.

Experto he sido siempre en desapegos
pero hoy de mi pasado soy consciente,
y aquí en mi corazón un sol ardiente
ilumina otra vez mis ojos ciegos.

El cuero del tambor, deidades, ritos,
sagrada desnudez, benditos cueros
de un ángel que al amar estalla en gritos

y ardientes, mucho más que lastimeros
parecen, y a dormir como angelitos
católicos se marchan los santeros.

José Tadeo Tápanes Zerquera

SI MI ANCLA EN ESTE MUNDO ES EL SOLAR

El solar me cayó con todo el peso
encima de las horas en que he sido,
reo del porvenir que va esparcido
en pasos de escenario sin atrezo.

Expuesto así, mi amigo, me confieso
solo un paria en la plebe de mi nido,
luchando siempre a muerte con Cupido
por unos cuantos labios, solo un beso.

Puede que mi mañana se despierte
en ojos de aura rota de lo inerte;
aun así, he de saber, si salto al mar,

que ni por lira, miel, sirena o gloria
hundiría mi barco de la historia,
si mi ancla en este mundo es el solar.

Jorge Gabriel M. Vera

SI SIENTES QUE TU ESENCIA SIGUE ANCLADA

Si sientes que tu esencia sigue anclada
al solar de tu infancia, a tu pelota,
no es ello la raíz de tu derrota
ni el halo ha de ser triste en tu mirada.

Bendita la pobreza recordada
cual yunque forjador, pero se nota
que el alma que te habita, en la remota
pradera de la historia está instalada.

No dejes que tu mente limitada
y al mismo tiempo, fiel y amiga mente,
te muestre de ti mismo esa sesgada

idea de ti mismo, palpa y siente
como eres a la vez el continente
de ese juego sutil de todo y nada.

José Tadeo Tápanes Zerquera

SI ME SIENTO A PESCAR SOBRE EL ESPEJO

Es ática la vida que recibe
todos los pies colgados de una pluma;
cual mar amurallado que perfuma
al malecón perpetuo que se exhibe.

Si en aras de este duelo se concibe
remar como las olas en espuma,
la orilla es una tarde entre la bruma,
La Habana leva el ancla del Caribe.

Si me siento a pescar sobre el espejo
de la noche flipada que me anuda,
saldrán peces, así, del catalejo

estrellado del cóncavo que suda.
Un cielo de satánico festejo,
el faro de esta vida se desnuda.

Jorge Gabriel M. Vera

LA PLUMA DE LA MANO
QUE TE ESCRIBE

La pluma de la mano que te escribe
y que tiene por tinta el universo
bien sabe del recuerdo que revive
en la antigua estación de cada verso.

Y si es mi mente el dios que lo concibe
o el diablo, en la visión de un yo perverso,
bien sé que mano amiga lo recibe
hallando la unidad en lo diverso.

Pues aquel que faltando a un buen consejo
al mar de la ilusión ha puesto muros
a asustar no se va con su reflejo
ni con los pensamientos más oscuros.

Que niños somos dos frente al espejo
poniendo a nuestros sueños en apuros.

José Tadeo Tápanes Zerquera

SANGRÁNDONOS LOS VERSOS DE LAS GENTES

Cosmos más que universo lo que espero,
amigo pues, bajemos esos dioses
de olimpos impolutos y sus poses
a enfangarse después de un aguacero.

Este mundo parece un gallinero,
amigo pues, brindémosle las voces
ocultas en el mito de sus goces,
sujetas al enigma por Homero.

Suponer que el poema se ha encerrado,
tras muros del silencio más sagrado,
es jugarse la grieta inadvertida.

El filo de la luna saca dientes
que muerden las espaldas de la vida
sangrándonos los versos de las gentes.

Jorge Gabriel M. Vera

EL VERSO MANA SANGRE
POR LA HERIDA

El verso mana sangre por la herida
del eterno vivir del mundo entero,
yo solo soy un triste pasajero
que ha comprado un boleto a la otra vida.

Y sin ser quien maldice o se suicida
futuro, mi final paciente espero,
mis ojos ven lo mismo que vio Homero
delante de su vela consumida.

También en el Infierno he visto dioses
sentados a la sombra de un ciruelo
allí donde el demonio dio tres voces.

Por eso es que atenuado va mi anhelo
pues viví en los abismos dulces goces
y alguna sombra oscura hallé en el Cielo.

José Tadeo Tápanes Zerquera

HOY LOS PRADOS OSTENTAN SU FLAGELO

Exceso en dualidad de la palabra,
árbol que nos creció como la noche,
dos ramas que se juntan en un broche,
la luna que de día se escalabra.

Ante nos, una puerta de dos que abra
el mundo bifurcado del reproche,
sembrando matorral a trochemoche
para ignorar el fruto que se labra.

¿Cómo sacar del lodo un claro signo?
Hoy los prados ostentan su flagelo,
los bandos que se entregan al maligno.

Yacer tras la otra cara del pañuelo
al atacar la sombra de árbol digno,
les hace extraños bajo el propio cielo.

Jorge Gabriel M. Vera

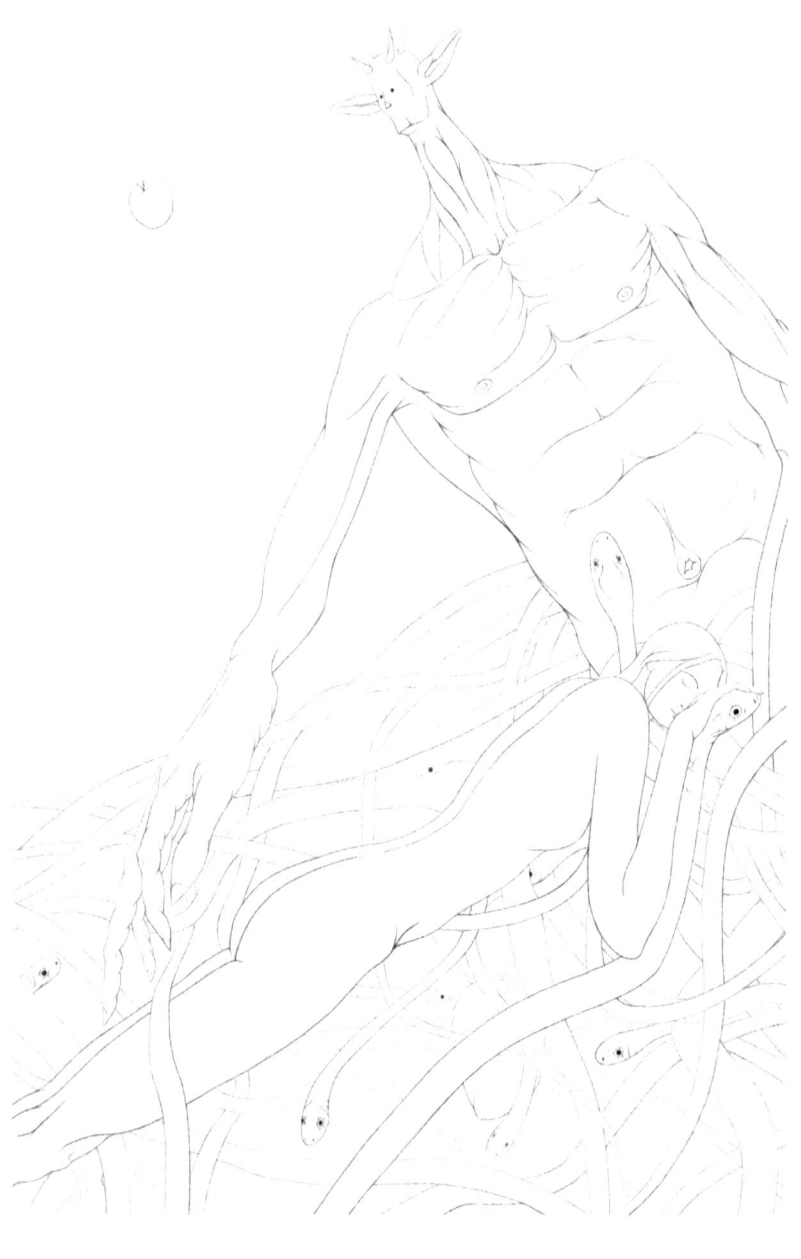

EL HIJO DE LA NOCHE,
EL MALNACIDO

El hijo de la noche, el malnacido,
el bastardo de Dios, el inconsciente,
el que sigue a los muertos la corriente,
por el eje del mal, el convencido.

El que lanza a la luz un alarido
y la luz le responde indiferente,
el que sabe muy bien lo que se siente
cuando el tiempo de amar ha concluido.

El dolor hace un pozo o hace un nido
aquí en mi corazón, y la serpiente
entrega una manzana a quien se ha ido.

Y yo que poner quise mi simiente
en ella, no le encuentro otro sentido
que amarla, aunque se sabe que me miente.

José Tadeo Tápanes Zerquera

TE AMARRA COMO UN
MONSTRUO EL CORAZÓN

Va en ella, atardecido en tu prisión,
un hilo que ha dejado de ser guía,
araña, laberinto de anarquía,
te amarra como un monstruo el corazón.

De Ariadna es la caída de tu Ilión
ausente. La estocada te porfía
un sacrificio vano de ordalía
siendo ella la Gorgona en tu portón.

Y saber que otros brazos ha abrazado
clavándote la muerte de sus huellas:
es un dolor que sangra y va callado.

La cúpula no mires sin estrellas,
ni aceptes a tu abismo destinado
a ser el minotauro dentro de ella.

Jorge Gabriel M. Vera

TÚ VISTE A LA GORGONA, A LA MEDUSA

Tú viste a la Gorgona, a la Medusa,
vencerme con sutiles atropellos,
en sierpes convertidos sus cabellos,
su beso en este labio que hoy la acusa.

En medio de esa atmósfera confusa
herida mi ilusión por sus destellos,
un ángel divisé en sus ojos bellos
y muerto fui y vencido por mi musa.

Dios pido, ante tu santa calavera,
que mirando ella misma su reflejo,
la piel hagas mudar de la hechicera.

Y luego, ya en la gloria del espejo,
la niña que la habita no se muera
y abrace tu doctrina y tu consejo.

José Tadeo Tápanes Zerquera

MAS SE HIZO EL AQUELARRE DE MI JUNIO

Te contaré de mí tras la congoja:
un hechizo el amor me ha conjurado;
cada ninfa su parte me ha cobrado
por la ira de mi tarde un poco roja.

El otoño no juega si deshoja
las rosas para siempre de mi prado.
Anochecer, recuerdos, azulado
el cuervo del olvido se me enoja.

Me ara aquella, la diosa de infortunio,
mi fortuna sin diosas y sin aras.
Solo tuve una vez de plenilunio,

remanso de un idilio de aguas claras;
mas se hizo el aquelarre de mi junio
sacándome la bestia de mil caras.

Jorge Gabriel M. Vera

LA BESTIA DE MIL CARAS, EL DEMONIO

La bestia de mil caras, el demonio
lo busco en mi interior, le lanzo un grito,
y en medio del infierno en el que habito
no encuentro de sus pasos testimonio.

Si anduvo con bastón y con tricornio
echando hacia la mar algún barquito,
aquí en mi corazón es un proscrito
lavado con la miel del matrimonio.

Si fui yo un minotauro o un bandido
que a Ariadna le cobraba algún peaje,
se encuentra a flor de piel tan escondido

que apenas lo distingo en el paisaje.
Prefiero ser el muerto renacido
emprendiendo al amor eterno viaje.

José Tadeo Tápanes Zerquera

LA PATRIA QUE EL AMOR
SIEMPRE RECLAMA

"Eres la hermosa, eres la inmensa caja
Donde irán a romperse nuestros huesos
Para que siga haciéndose tu rostro."
Roberto Fernández Retamar

Quizás como Novalis, que despierto
al emerger del sueño con la rosa,
que oyó cimbrar el alma en plena glosa,
encuentre la salida a mi desierto.

Quizás como Platón, que halló lo cierto
en la isla celeste y luminosa,
salga de la morada cavernosa
y aprenda a caminar después de muerto.

Flotará en la corriente de mi río
un vergel hacia el puerto de una dama,
el país de los besos que yo ansío,

la patria que el amor siempre reclama.
Que no se hace el amor con el vacío,
ni la guerra a los cuerpos en la cama.

Jorge Gabriel M. Vera

SI ES GUERRA O SI ES AMOR
LO QUE EN TU CAMA

Si es guerra o si es amor lo que en tu cama
gemir hace al colchón en movimiento
cabida no tendrá el remordimiento
si el cuerpo se te enciende y se te inflama.

El caballero andante, por la dama
manda siempre el molino a tomar viento,
teniendo por escudo el sentimiento
y el grito de placer de quien nos ama.

Dispuesta ya la lanza en astillero,
afina el amador la puntería,
y haciendo caso omiso a su escudero,

armado de su fe y de su hidalguía,
a la sombra desnuda de un te quiero
convierte en realidad su fantasía.

José Tadeo Tápanes Zerquera

EL DEBER DE UN ÁNGEL

Los ángeles de verdes descendidos,
no del cielo sagrado, hasta la guerra,
hijos del Cauto, flujos de la Sierra,
con barbas y sin alas pero unidos.

Se armaron del amo,r contra bandidos,
fraguando la justicia que no yerra.
Devolvieron las manos a su tierra
gestando la victoria de vencidos.

Los ángeles salieron hacia el mundo
a sacar a la letra del profundo
retraso de su Dios, para salvar.

Si el garrote que impera babilonio
nos trasmuta lo humano en un demonio,
los ángeles no pueden descansar.

Jorge Gabriel M. Vera

LA DIVINA ESPIRAL,
LOS DOS CARRILES

La divina espiral, los dos carriles
las diástoles y sístoles en noria
reducen a un gran ciclo nuestra historia
y el ángel deja huella entre los viles.

Esclavos fuimos todos y serviles
y ricos poderosos de notoria
estirpe, y en redonda trayectoria
pasamos de paganos a gentiles.

Una vez y otra vez el egoísmo
de aferrarse a la paz de la trinchera
del ciego Capital o el Comunismo.

Difícil es mirarlo desde afuera
renunciar a envolverme en mi bandera
y bien quedar con Dios y con mí mismo.

José Tadeo Tápanes Zerquera

CUANDO EL VIDENTE ENCIENDE SU FAROL

Las cartas sueñan lienzos espirales,
apertura de párpado hacia el sol.
El universo finge un caracol
que se enrosca en las sábanas astrales.

Los difuntos celebran festivales
cuando el vidente enciende su farol.
Vuela incienso esnifado de alcohol
con las alas de míticos zorzales.

Nueve lunas en siete esferas giran;
hoy los ciegos serán los que nos miran
bajo la luz de tantos horizontes.

Se abrirán al destino ciertos rastros.
Que invocarán los tarros de bisontes
juzgando en la medida de los astros.

Jorge Gabriel M. Vera

EL HOMBRE AL MÁS ALLÁ
MIRÓ CON CELO

El hombre al más allá miró con celo
poniendo rostros miles a la suerte,
tan fértil es el miedo por la muerte
qué nos gusta soñar que existe el Cielo.

Ni pongo ni le quito yo al anhelo
del noble buscador que se divierte
creyendo que algo vivo hay en lo inerte,
y amansa su inquietud y su desvelo.

El día que la Parca se decida
a acallar los acordes de mi canto,
al cruzar de esta vida a la otra vida

en medio de los rezos y del llanto,
sabré entonces si existe una salida
o si es punto y final el camposanto.

José Tadeo Tápanes Zerquera

AL ENIGMA ENCERRADO
DE LA MANO

La muerte, su acertijo nos enlaza
al enigma encerrado de la mano:
rebasar ese limen de lo humano
advendrá más humano al que rebasa.

La Hora sumergida en lo que pasa
penetra a fondo el sueño cotidiano.
Quiere atrasar la vida muy temprano
el gesto que la muerte no retrasa.

Un axioma epicúreo que opina:
"Yo soy mientras la Parca no me inclina,
saber que cuando llegue no seré".

El yugo desigual que no te suelta;
sostenidos en peso por la fe,
el viaje, tras la muerte, de ida y vuelta.

Jorge Gabriel M. Vera

EL VIAJE DE IDA Y VUELTA ES UN GRAN VIAJE

El viaje de ida y vuelta es un gran viaje
y de Santo Tomás el argumento
apunto, y más que todo, el sentimiento
soporte proporciona y andamiaje.

Del sueño y de la muerte el maridaje
me sirve para ver, por el momento,
aquello que la piel le roba al viento
y es parte en mi conciencia del paisaje.

Nunca podré probar lo acontecido
en esa, la inefable zona oscura
cuando el cuerpo de carne está dormido.

Y aunque pueda sonarte a una locura
afirmo totalmente convencido
que siempre de la muerte uno se cura.

José Tadeo Tápanes Zerquera

LA HABANA TIRA UN FLASH
EN UNA TOMA

De bronce, las estatuas son un foco,
preludian las murallas que alucinan.
Soñar que no se caen ni se arruinan
los dinteles dormidos y barrocos.

Los adoquines hablan, no están locos,
de los pasos que ya no les caminan,
de espectros en la noche que iluminan,
entre ellos brilla Eusebio como pocos.

Sobre el paseo tiene que volar
el crepúsculo hecho de paloma
a menos que la noche se ate al mar.

La Habana tira un flash en una toma
del puerto que ha aprendido a soportar
el ojo del balcón que no se asoma.

Jorge Gabriel M. Vera

SENTADO DE LA HABANA SOBRE EL MURO

Sentado de La Habana sobre el muro
miraba más allá del horizonte
soñando ser Ulises o Caronte
del barco con destino a mi futuro.

Los años del período aquel tan duro
en que bajaban por Jesús del Monte
los autos, por Calzada o Agramonte
a un túnel con el vientre muy oscuro.

Y después, ya cruzada la bahía,
por la Monumental, las rutilantes
farolas, y la gran algarabía

cada vez que los ómnibus gigantes
dejaban a la masa de estudiantes
allí donde se amaba y se dormía.

José Tadeo Tápanes Zerquera

YACER BAJO LA LUNA RUTILANTE

La noche anidará sobre el tejado
en vela de un amor itinerante.
La calle es el delirio del amante
que busca ese rincón inesperado.

La aventura en el parque habrá encontrado
el refugio de un banco delirante,
yacer bajo la luna rutilante,
abrirse en el amor por otro lado.

Los cocuyos ocultos son mirones;
sus cuerpos derritiéndose de plata;
luciérnagas, embisten de pasiones

los focos que se cuelgan de una mata.
Terminan el amor como gorriones
pensando repetir la serenata.

Jorge Gabriel M. Vera

YO NO LA QUIERO POR SABERLA BUENA

Yo no la quiero por saberla buena
Ni buena habrá de ser, te soy sincero,
Por esta forma loca en que la quiero
Que tiene de obsesión y de honda pena.

Su vida, aunque debiera serme ajena,
Lo mismo que su amante pasajero,
Me deja aquí en el alma un desespero
Que me aleja de Dios y me condena.

Perdón por darle vida a este accidente,
Por matar mi ilusión de un buen disparo
Queriendo ser sensato, inteligente.

Mi absurdo corazón lo tiene claro:
No escuches las razones de tu mente.
¡Mejor un mal amor que el desamparo!

José Tadeo Tápanes Zerquera

MENOS MUERTE DA EL ODIO
QUE EL OLVIDO

Honda se hace la pena en epicentro,
pesado girasol de cabellera.
Duele hasta su palabra de la espera
y la ausencia te hiere por el centro.

Emerge, cual salvaje desencuentro,
su daga; lleva el alma prisionera,
la ves brillar, te acercas como quiera
a clavarte el abismo tan adentro.

Fenece la beldad; mas no se espanta
un ave de dolor tras el quejido,
sepulcro de la voz en la garganta.

Menos muerte da el odio que el olvido;
pues tu haz de halo sin alas no se aguanta
si decides luchar contra cupido.

Jorge Gabriel M. Vera

YO NUNCA LUCHARÉ CONTRA CUPIDO

Yo nunca lucharé contra Cupido
pues tanta flecha hallé en mi pecho tanta
que el río que se cita en mi garganta
es mármol por el ángel esculpido.

Si escuchas la ecuación de su latido
verás cómo en amores se agiganta
o se queda en silencio y ya no canta
cuando el tiempo de amar ha concluido.

Que el odio mata menos que el olvido
no lo podría negar ni lo censuro,
pues vi la soledad lo cruel que ha sido

con el niño que habita a un viejo puro,
y el hombre del silencio compartido
dirá que su tormento es el más duro.

José Tadeo Tápanes Zerquera

Y EL MOJO DE LA YUCA
SABE A VERSO

Cinturas que sacuden la maraca
al son de una comparsa campesina;
el platanal explota y se ilumina
meciendo hasta la sombra de la hamaca.

A la del batilongo, ¿quién la saca
a bailar? Hay un tres que se empecina,
sazona los arpegios y cocina
el ritmo descompuesto en tacataca.

Sinsontes que improvisan sin esfuerzo
la conga que de coro se atraviesa,
por ser el medio día del almuerzo.

En guateque se sientan a la mesa
y el mojo de la yuca sabe a verso
en esa comelata que no empieza.

Jorge Gabriel M. Vera

SI EL VERSO SABE A YUCA
ME DA ANTOJO

Si el verso sabe a yuca me da antojo
y como antojo siento ante la yuca,
la abuela en el recuerdo me acurruca
y a su eterna sazón feliz me acojo.

Al ajo y al aceite le echo el ojo
y como lo vivido el alma educa,
la piedra de mi madre las machuca
y listo queda en pasta para el mojo.

El plato muestra todo lo que toca
y como lo que toca muestra el plato
con moros y cristianos la mandioca

con la carne de cerdo, pollo o pato,
la cena quedará a pedir de boca
y el recuerdo de Cuba en el olfato.

José Tadeo Tápanes Zerquera

A BOLINA EL INSTANTE
VIAJA ALLENDE

Recuerdo aquel arrullo de mi abuela
traído del batey de su pasado,
dejándome soñar acurrucado
después de una perreta de novela.

A falta de quinqué se pone vela:
a dar palique bajo el estrellado
cielo de mi portal que se ha llenado
de juegos y de amigos de la escuela.

El niño me visita, me sorprende,
y se alza en papalote como un rey;
a bolina el instante viaja allende,

gravita hacia el ocaso por su ley.
El tiempo no me compra ni me vende
el canto de un arrullo de batey.

Jorge Gabriel M. Vera

MI NIÑO ES SALTARÍN
Y CORRE Y VUELA

Mi niño es saltarín y corre y vuela
por calles empedradas y por sueños,
fue rey o general de unos risueños
muchachos a la puerta de la escuela.

Con las manos manchadas de acuarela
al arte dedicaba sus empeños,
mas fueron sus progresos muy pequeños
lo mismo que en el cuento o la novela.

Pero todo en la vida su contrario
está pariendo siempre en su porfía,
por, más que justo, serlo necesario.

Y aquel que con pinturas no sabía
las formas encerrar, en el poemario
dibuja con el don de la poesía.

José Tadeo Tápanes Zerquera

ESA TORRE DEL GRITO
CAYÓ GRATA

En la torre del grito cuelgan iras.
Ante los sordos, cae, no redime.
Truenan, sangran los huesos: ora gime,
ora arden los cabellos en las piras.

Comienza otra cruzada, ya te estiras,
el reino sin cabeza nos esgrime,
blandir hacia esta noche la sublime
Babel de la Pompeya y las mentiras.

¿Quién sube a la suntuosa escalinata
y enfrenta al morador de los dilemas?
¿Quién lustra con velorio serenata,

se viste de difunto por las gemas?
Esa torre del grito cayó grata
sobre almas de comparsas anatemas.

Jorge Gabriel M. Vera

ANTE EL INQUISIDOR
DE BARBA CLARA

Ante el inquisidor de barba clara
un cuerpo de mujer de rostro ausente,
descendió por los cauces de su mente
como una tentación oscura y rara.

Apretando la cruz palpó su cara
y estando cuerpo a cuerpo, frente a frente,
la quiso exorcizar como un demente
que apunta a un pecador que no dispara.

Buscó su confesión a tumba abierta
el anciano guardián del Santo Oficio
jurando ante su Dios estar alerta

desde el fin de los tiempos al inicio,
pero allí no había más que carne muerta,
ni rastro del pecado ni del vicio.

José Tadeo Tápanes Zerquera

LAS RUNAS QUE RECITAN LA OTRA SENDA

Las runas que recitan la otra senda,
por los apocalipsis tubulares,
van torciendo las puertas angulares
que se abren a consensos de leyenda.

En toda esa extinción que se refrenda
evoco tus apuntes estelares,
de cábalas sin vértigos ni azares,
plasmo en tinta mi fe sobre tu agenda.

La cápsula mental de las estancias
espera en mi Caribe atardecido.
Leer en tus imágenes sustancias

recorta la zozobra en lo cumplido.
El fin, al fin comienza con mis ansias
y salgo de tus runas convencido.

Jorge Gabriel M. Vera

BENDICE AL MINERAL LA ANCIANA RUNA

Bendice al mineral la anciana runa
y es llave que en mi mano rompe el velo,
desnudo mi visión de todo anhelo
y así dicta el arcano la fortuna.

En ausencia del sol y de la luna
la noche es misterioso terciopelo,
entonces, en mitad de mi desvelo,
encuentra el doble santo su tribuna.

La carta del tarot apunta a muerte
y toma el as de espadas su sentido
mas, nunca sé muy bien quién dicta suerte.

Si aquel que vino a verme malherido,
se irá de mi recinto algo más fuerte,
ya libre de su cruz, o arrepentido.

José Tadeo Tápanes Zerquera

EL PULSO DE SU PESA DEMORADA

La balanza galáctica nos mira
meter hierro encendido con la forma
que impone la pobreza como norma.
Ella oye los clamores mientras gira.

¿Cuál será la respuesta de su espira?
De suspensa a euclidiana se conforma:
la masa pleyadesca se transforma
en la hélice más justa a la que aspira.

La clausura del orden capital
Florecerá, en la siembra del fractal,
de la justicia a cálamo regada.

La mano firma láctea, desvía
el pulso de su pesa demorada.
La recta se joroba cualquier día.

Jorge Gabriel M. Vera

LA RECTA SE JOROBA CADA DÍA

La recta se joroba cada día.
La mente racional lo que proyecta
es solo esa ilusión llamada recta
que es donde la conciencia se desvía.

Es solo tentadora epifanía
de Tales y Pitágoras la secta
buscando de los dioses la perfecta
manera de plasmar su geometría.

Caliente tu cabeza, tenla fría,
enciende el corazón aun palpitante
y abraza sin pensar mi teogonía.

Aunque suene a un invento delirante
el todo es de la nada algún instante
y Dios es la materia y la poesía.

José Tadeo Tápanes Zerquera

EN ARAS DE UN AMOR QUE ME CONFIESA

Equilibrista, dueña delirante,
abierta como un libro que se acaba.
No hay regreso sin Ítaca ni Java,
mas sí tu promontorio de un instante.

Mi néctar del deseo es oscilante.
Saturno de dolor me devoraba.
Perpetuo hacia tu sombra se orillaba
el ancla de un océano sangrante.

¿Qué sino del Leteo te ha borrado
del oculto telar que me atraviesa?
Te has hecho de distancia y colocado

en aras de un amor que me confiesa,
en la sentencia cóncava del Hado:
saberme en la desdicha es mi proeza.

Jorge Gabriel M. Vera

SI VERTE EN LA DESDICHA ES TU PROEZA

Si verte en la desdicha es tu proeza
feliz serás de hallarte desdichado,
no tendrás que apurarte demasiado
ni las manos llevarte a la cabeza.

A ocultas hablarán de tu torpeza,
dirán: a este qué bicho le ha picado,
y alguno gritará malhumorado
que mal acaba lo que mal empieza.

Pero tú, viento en popa en tu estoicismo
por el mar de la vida a toda vela
cantando irás al fondo del abismo

o al centro del volcán, a la candela,
y allí dirás: morir me da lo mismo,
lo malo es que me mate y no me duela.

José Tadeo Tápanes Zerquera

A LA MADRE DE TODO LO QUE HA SIDO

Madre de este sostén, pura, dadora;
tu canto de la vida ramifica
nacer hacia el morir que significa:
el don de tu verdad abrumadora.

Gea, raíces, vientre en que se mora:
sobrado va tu genio, se replica.
El orden amazónico fabrica
un cuerpo que se ha abierto cuando aflora.

Guardianes en simbiosis se amurallan.
Los insectos armados no le fallan
a la madre de todo lo que ha sido.

Cual arco de la selva, la semilla
que bebe de la fuerza su latido.
Ella enhebra el amor con el que brilla.

Jorge Gabriel M. Vera

LA TIERRA MIRA AL SOL EN SU FESTEJO

La Tierra mira al sol en su festejo
o a la escindida luna en noche grave,
la Tierra está en el Cielo como un ave
que lanza a las estrellas su cortejo.

Es joven el planeta, no es tan viejo,
y en él andamos todos, Dios lo sabe,
perdidos en el vientre de la nave
aun siendo de los dioses su reflejo.

¡Horror, qué ven mis ojos, qué locura!
Qué absurda pesadilla esta tristeza
al ver desvanecerse la figura
del globo terrenal y su belleza.

Cuánto nos va a durar, cuánto nos dura
si el principio del fin de pronto empieza.

José Tadeo Tápanes Zerquera

SU ESPALDA ES ESE MAR
DE BESOS MÍOS

Su espalda es ese mar de besos míos.
Asciendo a la montaña de las nalgas;
delante voy y nado entre sus algas
para embocar su sexo con mis ríos.

Yo sueño el agitar escalofríos
al borde de mi lengua de resalgas.
"Tritoniana, haces olas, me cabalgas
sentada en mi naufragio de navíos".

Esclavo, solo un cebo de sus brazos
cada vez que ella ruge su marina,
la piel cuando erizamos los ocasos.

Esta épica naval se nos culmina
al hundir el vergel por arañazos
sabiendo que revive en mi asesina.

Jorge Gabriel M. Vera

SUSURROS SON LAS VOCES DE LA ONDINA

Susurros son las voces de la ondina
y muda es esa sal que hay en tus voces
cuando besas la piel que desconoces
hasta hacerlo una impúdica rutina.

Aquello que en tu cuerpo se amotina
en medio de las sombras y los goces
se vuelve entre sus piernas dos feroces
demonios con la carne de gallina.

A dónde vas, a dónde si cabalgas
acaso a esa ciudad que hay en sus nalgas
donde sacias la sed de tanto frío.

A donde te me vas, amigo mío,
cuidado de ese sueño no te salgas
con tanto desespero y tanto brío.

José Tadeo Tápanes Zerquera

Y DANZO LOS COMPASES
AL SECRETO

La oreja del jazmín donde sus alas
me posarán, cual íntimo viajero
a libar por su centro de hormiguero,
pies de lirios en juegos que hacen galas.

Y le entro amurallado sin escalas;
sorpresa da su grieta en el alero:
cincel sobre la noche, un aguacero
nos rompe a recoger diluvio a palas.

Presagio la escapada, en *Adagietto*:
colgado del misterio, si su mano,
cautiva mis alondras por decreto.

Siempre inmersa en su alcoba, toca el piano
y danzo los compases al secreto
de sus ojos con alas de verano.

Jorge Gabriel M. Vera

CARILDA ME ENSEÑÓ QUE HABÍA VERANO

Carilda me enseñó que había verano
en la piel de un muchacho que no pudo
regresar del amor sobre el escudo
pues la muerte (mujer) le dio la mano.

El escriba que soy, o el escribano,
al fondo del invierno negro y crudo,
le muestro al corazón a andar desnudo
pues nunca desnudez ha sido en vano.

Sonora es la ilusión que alumbra el piano,
mi cuerpo liberando de la mente
igual que el bisturí del cirujano.

Así va por la vida tanta gente
sin pararse a pensar en lo que siente
o cuál es la misión del ser humano.

José Tadeo Tápanes Zerquera

LA MUERTE DE LA ROSA NOS ENTIERRA

Interior del enigma de la roca,
inaccesible, incólume se cierra.
Un alma sin amor en esta tierra
va hacia el limbo de moscas en la boca.

La tumba de una estrella se hace a broca.
La muerte de la rosa nos entierra.
La vida columpiada sí que aterra;
su naipe, cal de amor, no se equivoca.

Iluso yo, engañado por azar,
en cambio, tú, cual Horus constelado:
¿qué espíritu deseas rubricar

de letra ignota, escrita por el hado?
Sé sincero, ¿qué sino quieren dar
las tres parcas? ¿Qué amor me han encumbrado?

Jorge Gabriel M. Vera

LA CUMBRE DEL AMOR ES ALTA CUMBRE

La cumbre del amor es alta cumbre
que eleva al dios mortal, cuando es preciso,
a ese infierno llamado Paraíso
donde arde más el cuerpo que la lumbre.

Permítele a la flor que se acostumbre
a mirarse al espejo sin permiso,
dispárale sin más, sin previo aviso,
un beso que la mate o que la encumbre.

Y luego cuando duerma a tu costado
aquella que en amores ruge y grita,
no vayas a confiarte demasiado

que hay algo en sus entrañas que se agita,
y todo lo que muere resucita
por la gracia de Dios o del pecado.

José Tadeo Tápanes Zerquera

VOLAR HACIA EL EPÍLOGO POSTRERO

Volar hacia el epílogo postrero,
lo humano de poemas tan sentidos;
sonetos que se hallaban en sus nidos
soñando con las hebras de un lucero.

Fuiste maestro en este cancionero,
hermano del que aprende estos silbidos:
esculpiendo en los versos compartidos
un ángel patrio, excelso manigüero.

Antílope, el amor saltaba en gamas;
esas azules musas hechas de oro
nos funden al fragor que arde en sus camas.

Mas vimos a la muerte gestar foros,
pescar desde el celeste las escamas
de peces que se cuelan por los poros.

Jorge Gabriel M. Vera

OTROS OROS VENDRÁN TRAS ESTOS OROS

Otros oros vendrán tras estos oros.
Tus versos en hermosas filigranas
abrieron apetitos en mis ganas
de darte de mis cantos y mis lloros.

Si hay ángel para ver estos tesoros
bendito sea el lector de estas humanas
estrofas que aun distintas son hermanas
y fragua de estos pálpitos sonoros.

Lo mismo da mi verso a ras de suelo
que el tuyo que a las cúspides se empina
si sabe dar amor y dar consuelo
trayendo hasta el mortal la luz divina.

Que sea, pues, señal y no señuelo,
este punto y final que no termina.

José Tadeo Tápanes Zerquera

ÍNDICE

OTROS TÍTULOS
Publicados por

La Pereza Ediciones

CONVERSACIONES CON MARÍA CORTINA

CHAVELA VARGAS

ENTRE GARCÍA LORCA Y PEDRO PÁRAMO

MUNDOS RAROS

MAURILIO DE MIGUEL

JOAQUÍN
SABINA

MUNDOS RAROS

ANTOLOGÍA POÉTICA
LUIS MARIMÓN

SELECCIÓN
YANIRA MARIMÓN

2da Edición

KATHERINE MANSFIELD

EL DESCONOCIDO
Y OTROS CUENTOS

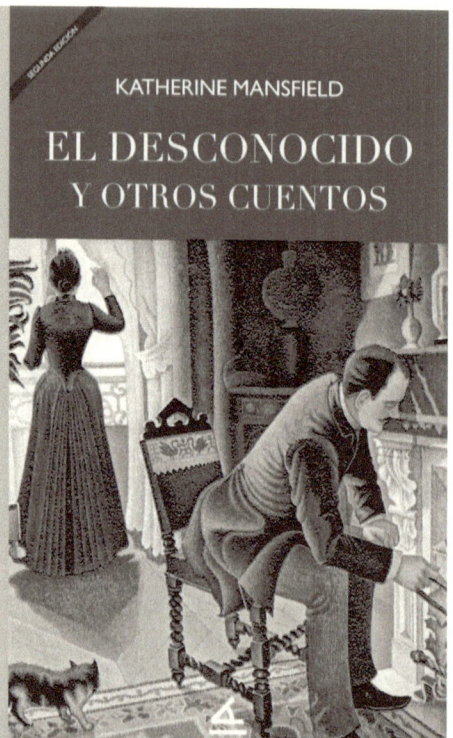

ELSA
TRIOLET **ROSAS
A CRÉDITO**

UNA NOVELA CON UN ENCANTO ATEMPORAL

Dayron Gallardo (La Habana, Cuba, 1986)
Egresado de la Academia de Artes San Alejandro,
especialidad en grado (2002-2006). Premio "La Rosa Blanca"
de la UNEAC al mejor ilustrador (2009).
Reside en La Habana.